Bernd Marcel Gonner

ODERBERGER

Ein Versepos

KILLROY *media*

Impressum

Herausgeber
Michael und Joachim Schönauer

Lektorat
Martin Plan

Layout, Satz und Umschlaggestaltung
Frank Schaaf
agenzia:gmbh, Ludwigsburg

Titelbild
Joachim Schönauer
aus dem Zyklus «Die letzte Welt», Acryl, Galerie VeraCruz, Asperg

Gesamtherstellung
Druckerei Steinmeier, Deiningen

FONDS
CULTUREL
NATIONAL

Veröffentlicht mit der Unterstützung des Nationalen Kulturfonds Luxemburg

Bibliographische Information Der Deutschen Bibliothek
Die deutsche Bibliothek verzeichnet diese Publikation in der Deutschen Nationalbiografie; detaillierte bibliografische Daten sind im Internet abrufbar
http://dnd.ddb.de

ISBN 978-3-931140-35-9
1. Auflage 2020

für die Oderberger Jungs

Rue, Toxo, Flocke, Wolle

Oh oh, come take my hand
We're riding out tonight to case the promised land
Oh oh oh oh, Thunder Road
Oh, Thunder Road, oh, Thunder Road
(Bruce Springsteen, Thunder Road)

Der Autor

Bernd Marcel Gonner, Luxemburger von Vaterseite, Böhme von Mutterseite, studierte Germanistik, Philosophie und Kunstgeschichte sowie Deutsch als Fremdsprache in Bamberg und war hauptamtlich im Bereich Deutsch als Fremdsprache von 1995 bis 2009/11 in Prag, München und Berlin tätig. Er arbeitet in einem unsortierten Mix von Lebendigkeit als freier Schriftsteller (Lyrik, Prosa, Theater, Kinderliteratur), Landschaftspfleger auf eigenem kleinen Hof sowie freiberuflich im Bereich DaF.

Vielfältige Zusammenarbeit mit den Komponisten Bernhard Ruchti und Michael Maria Ziffels.

Für seine Arbeiten wurde er bereits mit mehreren Preisen ausgezeichnet, zuletzt 2017 mit dem 2. Preis des Lyrikpreises Feldkirch (ex aequo mit Johannes Tröndle), dem 2. Preis des Concours littéraire national (Luxembourg) sowie dem Hörspielpreis des staatlichen sozio-kulturellen Radiosenders 100,7 des Großherzogtums Luxemburg und 2019 mit dem 2. Preis des 6. Bonner Literaturpreises der Autorengruppe Dichtungsring.

Oderberger

Nennen wir es: Versepos.
Sagen wir: Zwischen Ganzgroßengefühlen (!) und Banalitäten, Dramaqueen und Rührung – eine ganze Welt.
Fragen wir: Vier aus der Spur gelaufene Kerle – Punks & Ausreißer – 1989 (und die Jahre) – was treibt sie um in ihrem Ostberliner Quartier?
Nein: Wir servieren keine verstaubten Wendeerzählungen. Zwischen ins Mittelalter sich durchboxenden Reimgängen, Raubein und Ohrenkerzen eigener Kaliber sind Rue, Toxo, Wolle und Flocke zwischen Droge Sehnsucht und offnem Entzug *on tour* – Paradiesesvögel im ew'gen *paradise lost*: Wir umarmten uns in Abrisshäusern. Wir kannten einander bis aufs Blut, wir wussten noch nichts von Benetton und McCain und wollten es auch nicht wissen. Immer blieb ein Rest Geheimnis und die Revolte war das schönste davon.
Wir waren in den Räumen unserer selbstgestrickten Geschichte(n) zuhause.
Wir waren bis zur Halsschlagader verliebt.
Wir träumen von Umarmungen in Abbruchhäusern.

Von Rue erzähl' ich: dem einen
aus Oderberger Land
von ihm erzähl' ich alleine
sein Name wird genannt.

Von Toxos Seelenkrawallen
sein Name nur am Rand
er war der Schönste von allen
Herzbruch glatt aus dem Stand.

Nur seins hat keiner gestochen
nur Oderberger Sand
der ohne einzulochen
um seine Böcke rannt'.

Von Rue mit den kurzen Beinen
ein Oderberger Heiland
baut' Räuchertüten zum Weinen
die Himmelsschlüssel er nannt'.

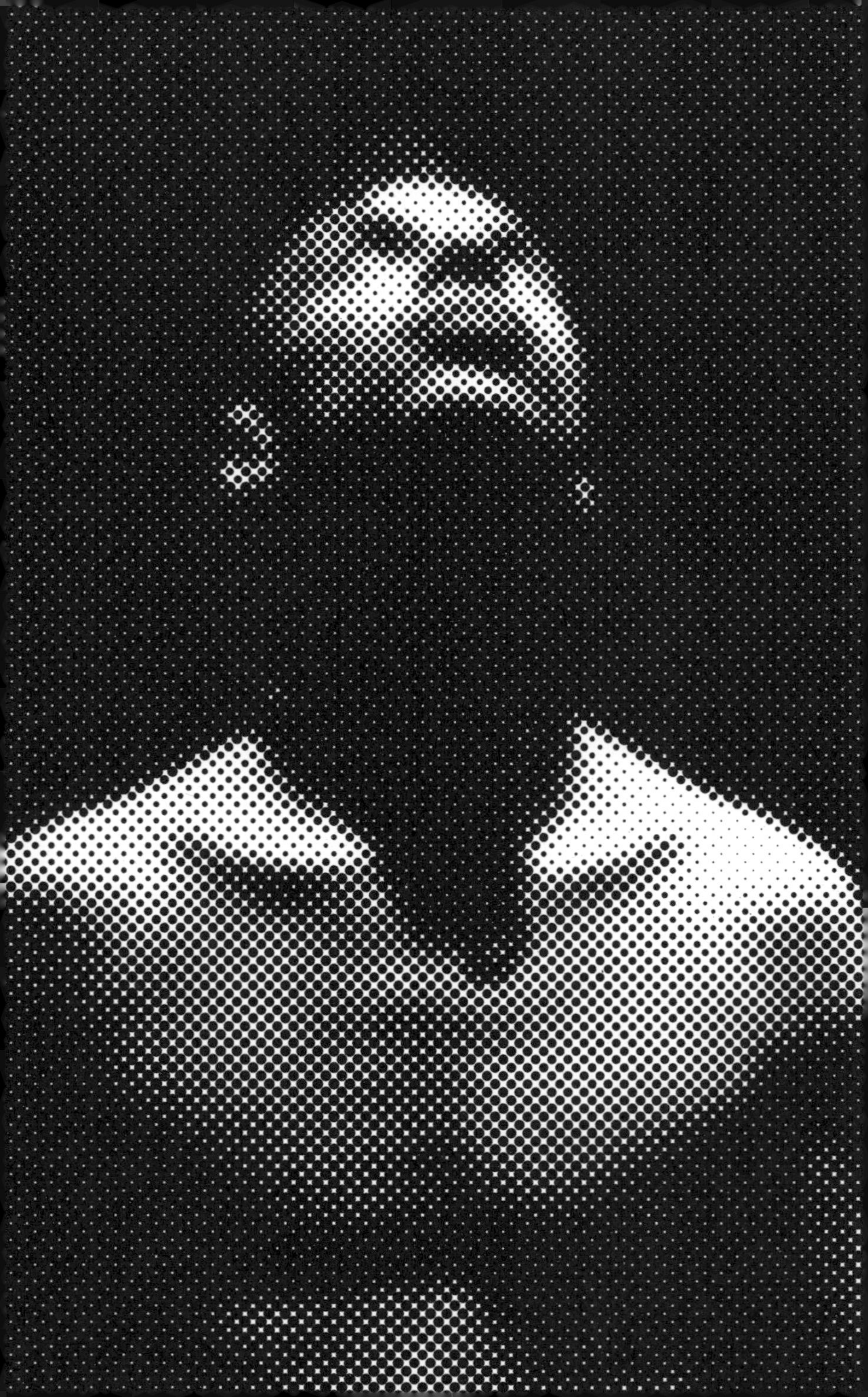

Dann war noch Flocke am Knallen
das Leben stets auf Kant'
in fremden Hosenstallen
meist er seinen Himmel fand.

Von solchem schwärmte auch Toxo
der lieber als Hölle brannt'
er lebte damals auf *to go*
als Aufreißerdiamant.

[illegible]

Oderberger (wenige Varianten)

Von Rue erzähl' ich. dem einen
aus Oderberger Land
von ihm erzähl' ich alleinen
sein Name wird genannt.

Von Toxos Seelenkrawallen
sein Name nur am Rand
er war der Schönste von allen
Herzbruch glatt aus dem Stand.

Nur seins hat keiner gestochen
nur Oderberger Sand
der ohne einzulochen
um seine Böcke rannt'.

Von Rue mit den kurzen Beinen
ein Oderberger Heiland
baut' Räuchertüten den Kleinen
die Himmelsdichter er nannt'.

Dann war noch Flocke am Knallen
das Leben stets auf Kant'
den Pimmel in den Krallen
meist er seinen Himmel fand.

Von solchem schwärmte auch Toxo
der ~~lieber~~ als/auf Hölle brannt'
er lebte ~~stundweis~~/damals ~~als~~ *to go*
als Aufreißerdiamant/Aufreißer null galant.

[illegible]

Jetzt hat die Geschichte begonnen
drei Namen null rasant –
bleiben die Feuertonnen
Lichtblicke am Straßenrand.

An eine dockte Flocke
und sah die Wolken ziehn
im Rinnstein dampft' die Socke
die Stiefel auf den Knien:

nicht wegen dem Putzen gelandet
weil Ausschnaufkavalier
weil's drinnen wie draußen brandelt
weil edlen Ritters Zier.

Sag bloß nicht: *Maikrawalle*
Berliner Karneval
die story macht mich alle –
fort Alter lall!

Hansdampf in Kreuzbergs Gassen
Flocke spuckte sich schief
sie warn auf Häuser-Fassen
solche ohn' Siegel und Brief.

Sag: neunzehnneunundachtzig
sag: *Rummelsburger Bucht*
Toxo auf schwanger lacht sich
ein Hausschwein an mit Wucht.

Jetzt hat die Geschichte begonnen
drüben wollt [illegible] –
bleiben die Feuertonnen
[illegible] – [illegible]

Sag bloß nicht [illegible]
[illegible] [illegible] [illegible] noch alle
[illegible] [illegible]
[illegible] [illegible] lacht.

Sag: 1983
Sag [illegible] [illegible]
[illegible] [illegible] [illegible]
[illegible] [illegible] [illegible]

[illegible] [illegible]
[illegible] [illegible] [illegible]
[illegible] [illegible] [illegible]

[illegible] [illegible] [illegible]
[illegible] [illegible] [illegible]

[illegible] [illegible] [illegible]
[illegible] [illegible] [illegible]
[illegible] [illegible] [illegible] Wasserpartie
[illegible] [illegible] [illegible] [illegible]
[illegible] [illegible] [illegible]
[illegible] [illegible] [illegible]
[illegible] [illegible] [illegible]
[illegible] [illegible] [illegible]

[illegible] [illegible] [illegible]
[illegible] [illegible] [illegible]
[illegible] [illegible] [illegible]

Rummelsburg wegen dem Wasser
dass das Zonenkind krasser klingt
Pfarrstraße empfing da schon blasser
Strom weg auf Abriss verdingt.

Rammelburg lachten die Buben
und schämten sich blond ins Gebüsch
blau warn die Wassergruben
die das leckende Dach hinterließ.

Flocke spielt' einen auf Eimer
und pries das gewaltige Nass
schließlich zückt' Toxo den Leim her
schnitt Dachpappe waidwund zupass.

Der Osten war ihr Neuland
sie stachen spatentief
pflanzten Kartoffeln *Goldbrand*
und tanzten auf den Mief

von Rothänds Volksbriketten
von Klassenkampf primitiv
man dachte sie sei'n die Netten
doch warn sie nur fotzig und wief.

Rammelburg sangen die Buben
und pickten sich reihum ins Glück
in Mitte wuchsen die Kuben
doch die Buben rockten und rollten am Stück.

Warn sie die großen Hasser
grollten die Prasser zurück
warn die Null-Sachen Erb-Lasser
aufs Morgenrot blutgeil wie Mück'.

Warn die Im-Schranke-Null-Tasser
Revolutionen im Blick
Straßenbalzer Anfasser
Himmelskreuzer: Handstrick.

Die mit der Oberweite
ohne auf Mädchen und quick
in Weltläufigkeit eine Pleite
doch Heimatkunde todschick.

Oh bagger sie an
sie geben alles dran
zu peil'n mit Ballermann
an den gelobten Kahn
ohn' Drückeberger
ins Oberwasser
Oh Oderberger
Polente-Ärger
zwick mich auf immer
                Nimmer-Verlasser.
Sie setzen alles dran
zu feiln den großen Plan
für Menschenzwerge
oh Oderberger
die Welt Herberge
jeder am Werke
Blaublut und Ferkel
ein jeder
oh Oderberger
knall zu die Kerker!

Jetzt ist die Geschichte am Grollen
das Haus in der Pfarrstraß' stibitzt
Rue Toxo und Flocke die zollen
dem müden Leben Respekt: das sitzt.

Ihr aber fragt: *Oderberger?*
haltet die story auf Trab –
noch sandeln die Buben auf vollqueer
im haushohen Armengrab.

Armengrab wegen dem Schaden
einmal den die Bude abhat
andermal wegen dem Faden
dem seidenen an dem sie lappt.

Außerdem ist noch die Kärge
für die keiner null was berappt
die Buben zimmern schon Särge
notfalls mit dem Sterben's hier klappt.

Auf dem Ofenblech lungert die Pizza
zwischen Pflasterklau lungert der Klopp
die Braunhemden waren seit je da
auch der Zonendreck nährt seinen Mob.

Die einen also auf Deutschcheck
die andren auf multigenial
Rue lässt beim Kotzen das Salz weg
braune Brühe schmeckt so auch schon fahl.

Drum knallt Pogo er mit fein'n Damen
offenbars offentürs rüdenzart
seine Buben kreischen den Samen
no go hinterher *Gott erbarmt!*

Hätt' Rue schwarz ins Schwarze getroffen
hinterrücks hintertürs bubenzart
seine beiden hätten es glatt mitgesoffen
das Fruchtwasser wie Zucker: apart.

So bügeln sie draußen die Braunen
drinnen ihr starkes Geschlecht
statt Tuntenpunkmännerraunen
fordert *gender* sein Stubenrecht.

Ungeschützt steht der Mann schnell im Regen
sein Gemächt ist rasch stadtbekannt
ihn keilt der Klatsch ihr schwillt der Segen
das Weib wird vom Geiste erkannt.

So reihern und feixen die Buben
davon sind sie voller erquickt
als vom Tröten auf ollen heiligen Tuben
(zum Pöbeln der Braunsocks-Kaschuben)
sie wolln Eieruhr *Leben* die tickt.

Rue tauft seine Tochter nicht *Retter* –
zum Lebwohl aller Wesen an Land
trägt am Apfel des Adam den Buddha
am Band er – Luft Feuer Wasser: Garant

fürs Genesen der Liebe: er bannt
– so der Beipackzettel – was mannt:
das Erstarken der Hiebe ja klar
ganz Kant ohne Triebe: Erleuchtung blabla.

Seinen Sohn tauft Rue glatt Kobra
seine Tocher schon mehr galant
unterm Rüschenkleid schimmert es grob: ja
vom Vater bleibt immer ein Rand.

Das also die Apanage
an biblischer Nachkommenschaft
die Rue nahm (Damenwahl!) ganze Charge
als er gab dazu seinen Saft.

Rue gab Stoff und bekam bald die Bremse
– *frank zu frein wäre der bloß der schafft* –
Damenlieb' floss ins Meer wie die Themse
(ferne zwar – doch die Bub'n klar Schiff: kenn'n se) –
Rue saß am Spreestrand und gafft'. – –
(Seine Süßen? Rad ab: Nun flenn'n se!)

Ihr ahnt: vom Genesen der Liebe
blieb wenig: vom Paare entflammt
ein Minendesaster – Diebe
umarmende Reime sogar – verdammt!

Rue baut' auf das große Geschiebe
mit Prinze Wunderbar
auf dem Ostbahnhof haut' er die Züge
an nach dem einen: *du! – fahr!*

Mit Wolle ist jener gekommen
der haut' ihn vom Stand in den Sand
vier Rauchlängen sind verglommen
eh er sein Herz wieder fand.

Warschau stand auf der Pappe
klau mich! hat Rue draus gemacht
es war nach den Regeln der Klappe
handgreiflich und keineswegs sacht.

Doch wollte zur Sache er kommen
nachdem das Herz ihn verlacht
(frauenhart)
sint'mal ihm schlüpften andere Sonnen
denen er Trankopfer bracht'.

Er schlürfte von Wolles Seimen
wurd' Brandopfer der ersten Nacht
so war es dann mit dem Keimen
vorbei fast Karfreitag vollbracht.

Sie rauften sich Wolle um Wolle
begafften wer schneller was rafft
standen auf des andren Tolle
und Stechen nach Punkart and craft.

Dann kam's andersrum mit der Wolle
sie lagen sich darin mit Pracht
verpassten einander die Knolle
mein ist redet Gott *bis es kracht*.

Besitzen das saß voll besessen
wie dieser Schuss sie besaß!
sie wollten die Regel vergessen
dass Glück gern als Frosch sitzt im Gras.

Mit dem Spülschwamm fing's an zu stinken
den wechselt man dreimal im Jahr
sagte Rue mit dem faulen Winken
Richtung Zukunft *Suppe mit Haar.*

Besitzen das saß hat gesessen
das Tolle flog fast auf den Müll
sie konnten das Lächeln ermessen
grad noch hinterm Saubermannstüll.

Versitzen verhockt voll versessen
aus dem Alltag glotzt' die Sibyll'
die Teller brav ausgegessen
am Grund' wartet das Chlorophyll.

So foppten und robbten die beiden
sich vorwärts ins Seelen-Gebiet
vom größ'ren Einander-Leiden
schön ist redet Trott *jedes Glied.*

Mit Wolle warn's viere im Bunde
die Butter zum Brot wurde knapp
sie sparten sich Küsse vom Munde
und hielten den Kaufmarkt auf Trab.

Bananen gab's nur die braunen
die Auslese vom Kaffee
nach Schicksalens wendigen Launen
beim Klaun: Glückskeks oder Temps passé.

Von den Schrippen nur die zum Weichen
im Milch- und Honigbad-See
kein *take off* zu anderen Reichen:
voll Schwein mit den Scheinen – die Fee

strich das *take it all*-Zeichen:
der Griff nach Stoff ins Portemonnaie
taff wie Koffer voll Leichen –
aus der Fäule schlug Wolle Baiser.

Toxo fegt' Straßengräben
im Heile-mit-Keile-Quartier
Hauswart auf hier und eben
mit Kippen und Flaschenbier.

Rue wischt' sich durchs Stiegenhause
zwecks endlicher Blütenpracht
mit Klappe groß und ohne Pause
mein redet er *Reichtum komme mit Macht!*

Von Bananen gab's nur die braunen
von den Schrippen die Zahnlücke klafft
der Sparkaffee machte sie staunen
was gegen die Schwerkraft er schafft:

Toxo schenkt' Frühstück und Jause
dem Sack-und-Asche-Quartier
kübelt' Sommerrodelbahnsause –
ein am Hornzeug gepackter Stier.

Die Kraftbrühe juckt' drei Knirpse
zu proben ihr Standfesttalent –
Die Hoffnung zuletzte stirbtse
wer das liebt schreit Toxo *flennt!*

Die Knaben drückten verlegen
sich um des Urviechs Pier
selb'ges spornte sie an von wegen
der Schlittschuh-auf-Grundeis-Kür.

Toxo erinnert Blochs Diktum
vom Mensch dem verschollenen Tier
gedrückt geknechtet und kreuzkrumm
die Zukunft ein Fick mit dem Hier.

Steht auf möchte Toxo rufen
die Zukunft ist das was ihr macht
sie wächst euch als Grün untern Hufen
und scheint euch ins Jetzt mit der Pracht

einer Welt ohne Schranken und Stufen –
Ihr lacht? Gottgemacht ist alleine der Dreck
hört auf R e t t e r zu rufen
zieht das Schwein euch an Land schnappt den Speck!

Sowas würde er – könnte er nütze es – rufen
sieht die Knaben ans Lebens Reißleine
sieht den kleinen Schuh sieht darunter die Kufen
sieht die Heimat pur sieht die Steine

will rufen: *Daraus macht man Straßen*
seid ohne Schuld hebt den ersten: Panier
sei euch eure Zahl sondermaßen
seid die schaffen was anhebt seid Pionier.

Möcht' er rufen und scheißt sich ans Beine
ist den Knaben ein andrer Kurier
von der Sorte *gepresst und gemein*e
von der Sorte *Hoffnungsklistier.*

Du wirst schreit Toxo *mal Bauer*
und zeigt auf den ersten Knilch
am Westdrall zerschellte die Mauer
nun melken sie eure Milch.

Und du wirst ein glücklicher Diener
schreit er und Knilch zwei wird nass
kriegst wunschlosdick Brottopf mit Wiener
statt Hunger aufs Leben – und Strass

statt Oberwasser: eine neue Klasse
von Mensch
(null Asse, alle in einer Barkasse)
                    geht gegen die Regel
von Kaufkraft und Herrenrasse:
i h r schafft s i e schwimmen auf ihrem Pegel.

Und du wirst ein großer Prasser
peilt er und keilt seinen Segen
dem dritten Knaben *lass er*
nur alle stehen im kalten Regen

werd er ein großer Hasser
von offenen Kassen – von Freigang
vom Beugzwang vom Knebel – verpass er
dem unteren Regen den End-bang:

d i e Ränge für immer daneben
im sel'gen Blockbuster nur Nebenstränge
null Eintritt vom Wehenbeben
zum letzten Loch zwar doch Überlänge

auf Ewigkeit Donnerwort Zebaoth
Amen! In diesem Rahmen! – Erbarmen?
Toxo spart sich den Plot
spart an der Stärkung Samen

spart wie ein kleiner Gott
spart am Wenden der Dramen
spart sich das *grow* halbtot
das ihn selber riefe mit Namen:

To – xo – mein – Bub
hier liegt dein' Supp'
wie du aus Brot machest Kompott
erst hü dann hott.

To – xo – mein – Bub
fahr in die Grub!
Aus Kindergartenzeiten
kam der Schub:
erst Sonderling dann Streiten –

To – xo – mein – Bub
denk an den Hub
aus Darm- und Magenbreiten
als es dich schlug

damals voll auf der Steine Seiten:
die Fresse Pflug
die Zähne reiten
schon im Club der Pleiten

weil einer von den Fiesen
spielte Cherub
– ganz den miesen –
Flug übern Spreizfuß den gestellten – schwupp!

– die Schnauze futtert Dreck
anders als deine feinen Saiten
spielen solche grob vom Fleck –
du: keiner der Gefeiten.

Später warst du auf eignen Stiefeln
keck. Mittel und Zweck
kamen aus hundert Tiefen
von Trotz und einer Welt gerecht

die lagert in Archiven
vom Aufrechtstehn dort radebrecht
man – Arien nicht – in Rezitativen
übt man *recht* und *schlecht*

übt *Herr* und *Knecht*
übt *falsch* und *echt*
übt wie es war als alle schliefen
übt j e t z t die Offensiven –

Du siehst den Sieg du siehst die Pleiten
schmeckst Vorgeschmack: Aperitif
schmeckst Hauptgang: den gedeckten Tisch
bist schon auf Eid bist einer der Gefreiten.

To – xo – mein – Bub
hier liegt dein Blut
aus Schlägerei'n
mit dir allein
ums Räudig- oder Herrlichsein

wie es dich trieb
in kalten Krieg
mit dir weil du schon ticktest
andersrum von Kindesbein'n
– wie du auch Lieb' dir picktest:
unversichert (sei's drum) – ungemein.

Rue tritt unterdes an sein'n Hausbaum
seicht eine Rund' Pläsier
lauscht Toxos wirrem Redflaum
lässt krumm sein drei nicht vier

und mischt sich in die Masse
verteilt den Knaben Drops
dass ruhig werd' Hof und Straße
dass Toxos Quälgeist hops.

Nimmt selben sich zur Bruste
dass schweige dessen Drift
dass heile neue Luste
und breche altes Gift.

Betrachtet die Malaise
vom Brot-ohn'-Butter-Klau
die einging in die Kreise
ihr's Daseins: Sau zu Sau.

Betrachtet Toxos Herze
betrachtet Toxos *Muss*
aus frühem Abseits-Schmerze
erteilt ihm Küsse plus.

To – xo – mein – Bub
hier liegt dein Blut
steig in die Grub:
zur Auferstehung schreiten

geht ohne Schuh und Hut
geht nur akut
geht nur aus deiner Brut
von Außenseitern wo bezeiten

Wut wo Herrenreitern
kein Tribut wo Nut
und Feder greifen gut
in Endlosschleifen Glut.

To – xo – mein – Bub
hier liegt dein Blut
zur Auferstehung schreiten
geht nicht ohn' Mal und Zeichen
geht nur im Konvolut der Vielen Gleichen
geht nur mit Nab und Speichen! – –

Mit der Fußangel hat's begonnen
zur Kindergartenzeit
nun fließen stärkere Bronnen
paarweis' von Liebe und Leid.

Von Liebe zu seinen dreien
(Rue Flocke Wolle wer weiß)
– die Menschheit hängt ihm mit Bleien
am blaublut'gen Erdenkreis.

Mit Leiden zu nämlichen Wesen
die Rue auch am Halse fasst
das Leben verlangt seine Spesen
für Hütte wie für Palast.

Mit Leiden zu allen (Hund)Wesen
die schiffen an Pfarrstraßes Baum
sie können *Verboten* nicht lesen
sie folgen nur ihrem Traum

von der Spur zu andren Lebwesen
die's ihnen gleich schon getan
ob Schaum hier oder Bier hinterm Tresen
am End' wartet doch der Kahn

von der Überfahrt über das Wasser
die kein Gefährte teilt:
handfest nicht nicht als Verpasser
höherer Weihen: Gott eilt

wie ein läufiger Esel von Wolle
zur Schur von Flockes Kur
zu Rue gibt Frau Holle –
weiser um keine Spur.

Am Pfarrstraßenbaum steht *Verboten*
Gott liest diesen Zettel und pisst
er ist einer der reisenden Boten
die Rues Hund dann schnuppernd vermisst.

Oh buddel sie an
sie geben alles dran
zu krauln dem Saubermann
schwarz sein Gefieder
Oh Oderberger
küss mich auf immer
Dreckspfot'-Anfasser
Sterne-Anlasser
oh Oderberger:
knall auf Fall Wagenheber ins All.

Und die Oderberger? werdet ihr fragen
– Die Sache dampft grad so schön
wir wolln uns noch vorwärts n i c h t wagen
wir wolln bei den Buben h i e r stehn.

Das Reizwort war *Wagenheber*
das Wolle mit Schmerze gerammt
es war ihm Laus und Eber
und hat ihn mit Furor besamt.

Von wegen dem Wagenheber
war auch Flocke nur minder entrückt
er wollte mehr Linsen und Leber
mehr Stoff der den Bauch entzückt.

Toxo schmiert ihm die niedere Stulle
mit Philosophenruß
Körper sind nur sagt er *Nacktmulle*
wie Krapfen innen ohn' Mus.

Das wahre Innenleben
sagt er *kommt von oben herab*
es ist ein Sich-mühsam-Erheben
aus kuschligem Fehlgeburtsgrab!

Das wahre sagt Wolle *Bewegen*
ist das der Seele ans Licht
des Schattenschlages wegen
sie jedoch falschrum kriecht.

Das wahre Seelenvermögen
sagt Toxo *ist noch nicht erkannt*
wir tun zuviel rum in dem Drögen
was wissen wir schon was Gott schwant'

als er uns in dies Kleidchen gestecket
das fünf Sinnesschlupflöcher hat
als hätt' ihn der Teufel genecket:
Mal schaun ob zu himmlischer Stadt

so das Schlüsslein sie finden werden
es ist ja aus anderem Stoff
als das Abgefallne auf Erden
lass sie kriechen mein Gott sind die doof!

Flocke beißt in die Stulle
sagt: *Das Heil'ge schmeckt mir nicht!*
Bin lieber die kratzige Nulle
als feingebürstet im Licht!

Sagt Wolle: *Und Engelwesen*
die stehen an Gottes Thron
die können im Buche lesen
wer wo wie was und wovon

die lesen auch unter der Haute
vom schmutzigen Flockefell
wenn's schwer wiegt geben sie Laute
wenn's auffliegt setzt es Gebell!

Drum kann ich sagt Flocke *nicht schlafen*
weil's in mir so fetzt und kracht
bin mal auf Wolf mal unter den Schafen
schwarz und fromm wie kaum ein Pastor gemacht.

Drum kann er sagt Toxo *nicht poofen*
weil's ganze Haus so gebaut.
Wie war das noch mit den Doofen?
Die irdische Sach' ist verhaut

von der Schwelle bis an die Decke
der Dachstuhl von mir aus ist clear
der Teufel hockt in jeder Ecke
und Gott webt die Spinnen – my dear! –

über Guten wie über Bösen
lässt es regnen dir und mir
fährt in Köpfe regt sich in Schößen
schürzt die Lippen zeigt sich mit Gier.

Und die Engel sagt Wolle *die lesen*
in diesem versauten Buch
wer zuhört kriegt's Federlesen
wer taub spielt: Wolkenbruch.

Der eine also Gerupfter
der andere überschwemmt
der Messias: im Leibe hupft er
und bleibt Lebtag doch eingeklemmt.

Sehr weise sprichst du sagt Toxo
uns fehlt Hebammentalent
von allein in der Box macht's der Ochs – oh
vier Lichtlein hat der Advent

nur das fünfte will keiner entzünden
ja das Wachs ist noch nicht mal gekocht
wir preisen mit Herzen und Münden
schon und fummeln noch nach dem Docht.

Preisen lobpries in den Miesen
sagt Flocke und kraxelt aufs Dach
ruft: *Von hier oben seh' ich die Wiesen*
die Erd' eine Scheibe und flach!

Preisen lobpries voll verstiegen
auch Toxo folgt seiner Spur
ruft: *Die Krippen voll! Seht: die Wiegen*
belegt! Welche Stunde! Oh Jour

voller Glück und Gesunden voller Werd
und Gedeih wir liegen in göttlichen Bunden
wir kochen an Heimchen und Herd
Wassersuppen die köstlicher munden

als Stullen vom Heiland vermehrt
wir wachsen uns wuchert's an Pfunden
wir üben Scheide und Schwert
und wenn's gut geht wird gleich noch entbunden!

Wer glaubt noch das Zeug mit dem Pferd?
ruft der Mann und leckt seine Schrunden
ruft: *S o l a n g e gefedert geteert!*
S o l a n g e mit offenen Wunden!

Hätten früher bloß auf dem Dach die Runden
gedreht wir aller Mühe wär's wert
gewesen zu wahren Befunden
braucht's Spinnen – kurzum: geistig versehrt.

Mit Erleuchtung höheren Bebens
steigen die Buben hinab
in die Nied'rungen flacheren Lebens
– wer bräch' über ihnen den Stab?

Wer biss' nicht mit Flocke die Stulle
schön Stück für Stück auseinand'
wer kaut' nicht an seiner Schrulle
bis endlich auch er vakant

für den Samen der jedem gelegt ist
der manchmal auch mächtig keimt
der einem vom Kopfe die Haar' frisst
der manchmal auf *Blüte* sich reimt?

Wer gösse nicht selbigen Samen
bis die Wunderpflanze sich zeigt
wer sagte nicht *Ja* und *Amen*
wenn der leere Stängel sich neigt?

Wer biss' nicht wie Flocke die Stulle
kleinklein bis aufs Korn auseinand'
wenn wär' das nicht Fahrzeug und Pulle
übern Reiseweg *Vollnull Treibsand.*

Wer verstieg' nicht mit Toxo verschroben
sich auf philosophisch cool –
auch Schweine brauchen die Koben
die Menschen brauchen den Pfuhl.

Oh Oderberger
buddel mich an!
Das Ohne-Pferd-Gespann
unten wie oben
rein in die Groben
oh Blümchenrührmichan
dir will ich toben!

Auf Sommer folgte Winter
auf Höh'nflug dicke Sock'
Zieht warm euch an ihr Kinder!
rief Rue *der letzte Rock*

wird noch um vieles kälter
wir wolln nicht vor der Zeit
wir wolln erst wenn wir älter
wir wollen Ewigkeit!

Wir wolln die Hemden wenden
wir wolln in Treue frei
wir wolln Laufmaschen spenden
wolln Henne und wolln Ei!

Auf Sommer folgte Winter
auf Rede Gegenred'
Toxo der kam dahinter
dass längst es schon zu spät

für Paradiesespläne
dass Strickstrumpf angesagt
Holzspalten und Späne
ehe der Frost sie packt.

An Unterpflasterfeldern
träumte sich Flocke satt –
sie warn von schlechten Eltern
dort pflanzt' sich fort die Ratt'.

Rue boxt' ihm in die Flanke
gab seinem Sehnen statt
Das sei es ja das Kranke
sagt' Toxo schmiss sich matt

in beider offne Häfen
bis abging auch sein Schiff
bis toll auch seine Schläfen
vom Tauchgang mittels Kiff.

Auf Tauchgang folgte Tiefgang
der Tiefgang knüppeldick
der eine der steht seinen Mann
der andre sucht als Mädchen seinen Kick.

Wie sie so herumfaxten
wurd' Toxo denkerisch
die andren weiterstaksten
doch Toxos Geist wurd' Fisch:

Erinn'rungswasser schmauchte
den heißgelaufnen Rausch
an der wurd' wief und bauschte
das Untersee'sche: Seele lausch!

Toxo dachte an damals
und *damals* meinte früh
als er und Rue noch Schmalhans
und *Blicken* eine Müh'.

Er hatte eine Ratte
die starb an seiner Brust
die Ratte die hieß Prahlhans
– was hat er schon gewusst?

Auf Sommer folgte Winter
auf Ratten Katerhatz
doch keiner fand Zylinder
mit richt'gem Bodensatz

drauf wachsen richt'ge Ähren
wie man von Muttern kannt'
sie wollten Körper nähren
doch sangen im Diskant.

Sie sang'n die alte Weise
vom großen Aliment
die Bruder-Schwestern-Scheiße
die man den Dünger nennt.

Wolle schiss ohne Reue
Flocke pisst' sorgenfrei
sie lagen in dem Spreue
mischten den Weizen neu.

Sie sang'n die alte Weise
vom Blechen ohne Sold
am Himmel flog die Meise
davon – kein Rübchen rollt'.

Sie sang'n wie Flattergreise
vom Sein-einander-Hold
und gammelten im Schweiße
vom Schürfen nach dem Gold

zu zahln den vollen Preise
vom Leben hundert Volt
– stocherten nach der Ameise
dabei die steckt' in ihrem Colt.

Steckten tief in dem Gneise
wollten (und w i e es grollt')
ein Stück der Götterspeise
bloß: Blauschimmel unverzollt.

Sie sang'n die alte Scheiße
den Bruder-Schwester-Kram
taten's auf ihre Weise:
voll's Rohr den Schüssen Schwarm.

Wir wolln mit wildem Reißen
beißen uns bleibend' Statt
wolln Schwarzes sein dem Weißen
dem cut surprise dem Steiß beweglich – Patt.

Wir wolln ohn' Reue enden
im Nackte-Haut-Revier
mit Füßen und mit Händen
anziehn den Faulpelz: Wir

wolln ködern wollen jagen
den Schweinhund was auch boomt
wolln Tollwut wolln uns laben
eins unter tausend das uns zoomt

ins stein'ge Vaterhause
das untern Zähnen kracht
wolln Paschaabendschmause
der uns zu Jüngern macht

vom Heidenkombinate
zum Jugendweihbarbier
vom Nestbau auf der Platte
zum Heimwehpassagier.

Sie sang'n die alte Weise
nach Art der Zeise – cut!
die Bruder-Schwestern-Scheiße
pissten und missten – satt.

Die Sache war gesungen
der Winter der fand statt
Kaltluft füllte die Lungen
im Magen herrschte Patt

zwischen Rübengemüse
und Bratkartoffelstampf
– allein: wo blieb die Süße
wo blieb der Herzenskrampf?

Was blieb wenn die Kombüse
schloss ihr Genussklavier –
wem ging die Düse?
wer fand wo Quartier?

Wer jetzt kein Haus hat dachte Flocke
sah Pfarrstraß' schon in Windeshand
ging in die Knie riss an der Schläfenlocke
verlachte beinah ihr aufrechtes Band:

Alles mit allem einen an der Klatsche
alles mit allem Knutsch und Steppenbrand
mit seinen Raubein'n sumpfte er im Matsche
nicht untergehn dachte er *immer Stück Land*

unter dem Hintern mag's auch zugehn
mag's auch wintern von den Feen
erzählt dir keiner besser als die Sinter-
flecken von dem Schnee – Sprinter

von Frühlingswehn – lupft' sich in Höh'n
wurde geschwinder konnte sehn
was n a c h der Pfarrstraß' käme:
Toxo rief er *die Gräme*

mit dem Flickdach könn'n wir uns sparen
bis zum jüngsten Tick –
wir wolln uns auswärts paaren!
Kipp den Leim zurück!

Schmier andre Brote damit. Gib
den Laren Schwarten und Topfen
dass sie fett – gehen durch keinen Sieb –
dass sie feist lagern – können nicht mehr hopfen!

Dass kein Auftrieb mehr und kein Ropfen
an dem Bestand dass alles pudellieb
– und wenn sie still sind packst du sie am Schopfen
gibst in den Karton sie – sie machen keinen Piep –

bringst an den Ort sie den wir auf Anhieb
nach Vorsage des Orakels
finden den wir wie ein Dieb
den Schatz hüten – keines Makels

keiner Sünden wirst du's zeihn.
Vergiss den Haken! Pack
die Polster pack die Laken mein
und dein: Rüpel und Prügel in den Sack.

Rief Flocke außer Rande
und klemmt' den Schwanz sich ein
vom Pullern – außerstande
zu setzen Stein auf Stein

– nicht wegen des Debakels
an seiner Hosentür
nein wegen des Mirakels
was seine Geisteskür

abwollte oder sollte
was Unterkühlungs Schuld
– Rue in die Decke rollte
den Luftpropopheten – Huld

konnt' er ihm keine zeigen
sie schleppten den Prolet
im Zweier-Dreier-Reigen
aufs warme Couchgerät.

Also: hier blieb die Süße
hier blieb der Herzenskrampf –
allen ging nun die Düse
was sollte dieser Kampf

mit nie gesehnen Geistern
auf ihrer Überfahrt
von abgegangnen Meistern
zu Flockes kleinem Part.

Ob's braucht die Analyse
von Seelendoktors Hand
ob krank allein die Drüse
– erschein: Schrift an der Wand!

Erschein und setz die Fahne
wo wir demnächst logiern
kräh einmal mit dem Hahne
wo wir ins Leere stiern.

Dass Flocke sich beruhigte
nahm Rue ihn bei der Hand
doch d e r nach Toxo äugte
wie Wolles Blick befand –

der weiterging zu Toxo
der diesen auch verstand
er spielte zickig' Bock wo
dreimal erst sich wand

was Wolle einkassierte
und Toxo *Hammel* nannt'
bis selbiger parierte
als hätt's ihn neu gebannt:

Toxo legt' sich zu Flocke
weil e r ja Adressat
vom Anruf aus der Hocke
als im Schneereservat

Flocke bekam den Kopfschuss
als er so blümerant
mit seiner schweren Knack-Nuss
die keinen Brecher fand.

Toxo dachte bei Flocke
an s e i n e erste Nuss
e r damals in der Hocke
und nichts bei ihm im Fluss.

Prahlhans lag in dem Bette
das Rue und er gebaut
zurück zu Werdens Kette
– es hat ihn umgehaut

wie groß wird selbst das Kleine
wenn Tod sich einquartiert
wenn seines Herzens Feine
ins Brot beißt und abschmiert.

Es war gestohlnes Brote
– vielleicht ein bisschen hart –
mit strenger Unternote
– und seine Maus war zart.

Er hätt' – man hätt' – von wegen!
er hatte nur dies Stück
wie sollt' er bessres geben
wenn dieses schon ein Glück!

So hoben sie die Grabstatt
an jener Ulme aus
wo Toxo seine Erstratt'
auffand als einz'ges Kück'

von einem ganzen Wurfe
dem seine Mam abhand'
eines bloß kratzt' die Kurve
an das sich Toxo band –

eines von einem Wurfe
lag Toxo in der Hand
An meiner Brust nun schlurfe
ich führ' dich in das Land

wo Milch und Honig fließen
sagt' Toxo und wurd' schwach
mit mir die Welt genießen
was brauchst du andres Sach?

Prahlhans nannt' er die Ratte
weil sie so Männchen macht'
frecher als seine Latte
der Rue als Erster lacht'.

Sie warn noch halbe Hüpfer
und spürten schon den Dreh
vom Aufstand und vom Schlüpfen
lobten den grünen Klee

in dem sie nackig lagen
in gottgeschöpfter Schlacht
abartig war ihr Toben
bis hin zum *Ist vollbracht*.

Oh knall dich nieder Nacht
die Glieder sind schwer und haben's
gut gemacht die Zeit des Labens
ist vorbei – war das so ausgemacht?

Hab sie halt lieber schmacht
noch einmal mit ihnen bieder
war nur ihr Schreck ihr Habacht
ihr Versteck der nassen Lider.

Hat sie die Erde wieder?
Oh knie dich nieder park
der beiden Terzen hark
der Schmerzen See glatt gib Rabatt.

Die Jungens an der Grabstatt
gepackt als legt' der Sarg
ihr Herzgehäuse kampfmatt
ihr Reden wurde arg.

Toxo sprach vom Alleinsein
dass außer Rue kein *Wir*
der schenkte seinen Branntwein
in dessen Sauerbier.

Toxo sprach von der Hundpein
wenn alles auf *pariert*
er mochte los und heiß sein
schneeweiß und null kariert.

Schneeweiß wie jener Malblock
der frühen Knabs Brevier
er malte worauf er Bock:
Halbwelt Erdteile vier.

Rue nannt' es jene Fehlsicht
die ihre Sorte mackt
es wäre fast wie *Quälmich!*
das man mit Stromschocks fuckt.

Ihr Fall sei das Verschießen
von Stunk und *Kriegmichklein!*
und hieße *Sich-Verschließen*
bevor die Wunden ein

andrer ein'm beibrächte
den man nicht austariert
drum zeigten s i e 's Gemächte
vorweg und sei'n pariert

von Eigenkampfansagen
Bluten schon vor dem Schnitt
Stacheln-und-Nieten-Tragen
Schneiden bevor man litt'.

Fuck you! hieß' Heldensagen
austeiln v o r jedem Sieg
hieß' Enterhaken schlagen
mit Schrei *Nie wieder Krieg!*

Gerüstet und gegürtet
wär'n sie i h r Bruder Schreck
Schlachtruf: Bevor i h r 's spüret
hab'n wir schon Schaden weg.

Gerüstet und gegürtet
wär'n sie halb Fluch halb Licht
tun tätet machtet würdet! –
(wie andre reden!
zig Jahre noch bis Eden –)
als Frontmann übt man nicht.

Toxo dacht' an s e i n Wüten
fasst' an die Nieten sich
Gott dachte er *der sieht ein'n*
er geht ja a u c h im Licht.

Rue sprach und wiederholt' sich
als ging' er zum Krepiern
dann wurd' er langsam rührig
und ließ die Liebe führn.

Rue sprach von s e i n e r Fehlsicht
die er mit Jahren zehn
ihn juckt' andres Geschlecht nicht
er wollt' nur Buben sehn.

Lacht' über Toxos Gezick
lacht' über Toxos Fall
beim ersten Kuss noch *Gloob ick's*
dass wir aus selbem Stall?

So wär'n sie aus den Zeiten
gefalln vor aller Zeit
für hies'ge Lebensbreiten
gesteckt in falsches Kleid.

Rue sprach und Toxo sackte
der frühe Himmelskreis
ins Bauchfell – nackte
Ratten schliefen dort – und die warn weiß.

Soviel zur frühen Akte
der beiden: buntgeniert
auch grobrasiert – nur das Gelackte
bleibt offen ohne Deckel – und es g i e r t .

Fick dich du Nacht sang Toxo *die Glieder*
haben's rumgebracht
schnür zu dein schwarzes Mieder
würg ab der Sternen Pracht

eine von deren fetten Schnuppen
auch Prahlhans drunten macht
im letzten Loch die Schuppen
platt sang Rue – *Leben wo ist dein 's k r a c h t ?*

Hölle wo ist dein Mief
fiel Toxo ein im falschen Krieg
Stachel wo ist dein F l i e g !
Oh Quell des Anfangs was läuft schief?

So sang'n die beiden Knöpfe
vierzehn und sechzehn Jahr'
kraulten sich fort die Köpfe
– sie waren bald ein Paar.

So fuhrn die beiden Knöpfe
schnitten sich krumm die Haar'
schnitten sich ab alt' Zöpfe
und kamen in die Jahr'.

So fuhrn die Prachtgeschöpfe
immer mehr sternennah
leerten behänd die Töpfe
und wuchsen groß (endlich!) – Barbar.

Dann zog's die Lichtgeschöpfe
sanft auseinand' – wie wahr
sie würgten aus die Kröpfe:
immer noch Lieb' – gescheit sogar.

Als Rue sein Liebesspinnen
versteckten Enkeln steckt
pflückt er aus Schisser-Windeln
was ihm beinah verreckt.

Er flackt auf der Chaiselongue
erinnert ihre Fahrt
auf Achterbahn ohn' Bonge
für den man Schulgeld zahlt.

Doch Lehrgeld tat er zahlen
ganz dickgerahmte Sprüch'
er wollt's den Enkeln malen
als Wandschmuck in die Küch'

auf raschgeschiente Brüche
auf Gips und auf Bandage
darunter die Gerüche
von shit und von Blamage.

Wir warn hob er die Beichte
im Allgemeinen an
halb Kinder federleichte
und glaubten an den Schwan

der Babys Röcke bringet
den Buben himmelblau
die Mädchen dazu zwinget
zu gehn rosa wie Sau.

Der Frauen schön anlachet
dass es sie tief berührt
und so die Kinder machet
vom Geist allein geschürt.

Er sagt die ganzen Sprüche
was gut läuft und was schief
kommt dann auf i h r e Brüche
auf i h r e n kalten Mief.

Wie's war mit dem Anfange
wie's war mit dem *Vorbei*
dazwischen Freud' und Bange
die ganze Reiberei.

Wie Lieb' sie sprechen lernte
wie Lieb' die Sprach' verzehrt'
wie einfuhr die Fehlernte
verdreht erst dann verkehrt.

Er lag auf der Chaiselongue
hört' ihre Doppelred'
fingert' nach dem Tampone
falls's zu sehr tête-à-tête.

Er fand sie in dem Kleefeld
das ihnen's Glück gebracht
das Feld war ihnen Vollwelt
drumherum alles verkracht.

Er lauscht' und hört' die Sprache
die in die Welt gehört
posaunt wo alles Brache
Kamele all' vernadelöhrt.

Dachte noch an den Dichter
der fast ein Volkslied schrieb
wie war das? was'n spricht er?
– von Lieb' – und deren Dieb:

Dass Sprach' der Liebenden
Sprache des Landes solle sein
hielten die beiden Zündelnden
sich und der Welt vorerst geheim.

Auch Laut des Volkes sagte Toxo
soll daraus sich einmal ergeben –
Seele beschrei's! frohlock's!
Segen dockt sich an Segen.

Wandelst auf heil'gen Wegen
sagte Rue *Mütterchen Erd' wird bunt*
die unfrankierten Küsse kleben
umsonst jed's Herz hat seine Stund'.

Es war zum Niederlegen:
die Engel der beiden landeten
bedankt im Heim zum Pflegen –
Bengel zogen aus und fahndeten

nach Schnee im All nach Schöpfungshall
Beschucksten die nicht ahndeten
dass Luchse nur am Ball
– die Kerne der Atome brandeten.

Die vollentblühte Liebe der beiden
gab nach die Samen sandelten
aus *hochgemut* wurd' *meiden*
sie saßen auf statt dass sie handelten.

Sprache der Liebenden ist müd'
sprach Toxo *wir warn einmal wie Blumen*
gepflückt von Kinderhänden rüd'
Halbwert: gering – Strahlkraft: zigtausend Lumen.

Dreh du auf Nord ich dreh auf Süd
die Küsse kleben
vereinzelt nur noch absolute
– so floppt es eben!

sprach Rue so ganz daneben
drehte auf crude
– was Neuem hingegeben –
Toxo den Arsch zu prüd'.

Flocke von d e m Bewegen – Scheibenkleister! –
kriegt' Blutsturz kein Elektrolyt
kein Notarzt stoppt' den Zoo der Geister
die die Suppe aufgebrüht.

Für Toxo war es Aufprall
als beider Polsprung kam
statt Trost drückt' er auf Vollschwall
statt Harm schlief er auf warm

mit zugelaufnen Brüdern
mit Leichtlaufgarantie
bestahl die Glut verbot den Hütern
der Schwelle dreinzureden: Sieh

was du treibst sind Überfälle
Sprache der Liebenden nie
verschütt die Grub' steig auf die Wälle –
aufricht'ge Sache die

kann nur erblühen wenn zwei
schmälern sich um ihre Pelle
unverfrorn und sacht geben klein bei
und Querelle Flaum und Rebelle –

denn wie den Fleiß Pennälern
Hau den adretten
sollst du Herzen weiten schmälern
den Kotau das Betteln

aufblähn auf den Brettern gehn
die keine Welt bedeuten
auf dem Wasser stehn
das Lorbeerzeug erbeuten

das vor Faulen bläht
die Zoten läuten
bis man's dicke: Seht
als Blitz kam ich unter die Braven
als Hirt' unter die Meuten
– und ihr – wollt wen bestrafen?

Wolle macht' das Zeichen
über diesem Kreuze
legte den Schmu zu seinen Leichen
diese zu Ihresgleichen.
Wie wollte er die beiden Durchknaller auch erreichen?

Dann kam die Liebe wieder
wie vorhin schon gesagt
sie putzten sich die Mieder
warn wieder auf *gefragt*.

Rue drosch auf die Chaiselongue:
Halt endlich die Waffel still
nicht noch einmal den songe
sing endlich was ich will!

Sing von den Winterreizen
die ich auf dir verratz'
wenn Toxo fragt: Wann schneit's'n
schick ihm die Kuschelkatz'.

Wenn Flocke klagt mit Heizen
schick ihm die dicke Katz'
sag: Ration Sonderweizen
bis platzt der kleine Matz.

Draußen dreht' Wind auf Osten
drinnen dreht' Rue sich um:
Sein'n Winterschlaf wer verlost'n
verpasst mir den Hammer – bumm?

Drinnen schlug ein der Hammer
drinnen macht' Rue auf Kröt':
Nur noch in dieser Kammer
sein will ich bis mir vor Schrumpeln öd.

(Wurd' er blöd? - Großes Kawumm!
' Axt auf dem Hackstock schlug an
' Kohle im Eimer dann -
Bloß warum? *Seine Buben! - die! jumm!*)

Draußen zog an die Froste
drinnen war's hackewarm
es zogen aus die Kosten
sie von ihrem Heizrein-Wahn.

Trotz Ausziehns warn die Reize
der Buben bitterlich
hockten in e i n e r Beize
tagaus tagein – oh riech's!

Da reizarm auch das Rosten
machten sich auf den Strich
die Buben standen Posten
– es war geschwisterlich.

So jedenfalls die Denke
die Rue zurechtgehaut
er tätigt' solche Schwenke
weil ihm was angetaut.

Sag: Prenzelberger Kiste
wo er fast wen geschnappt
dass dampfte ihre Miste
an Orten wo das klappt

mit dem Fürn-Stich-Berappen
mit Kohle für die Gier
die echten diese Lappen:
Bankerscheiß – Frischlufthappen
hint'drein: das Lebenselixier

der schlechtbehausten Kaste
die auf den Straßen tanzt
im Volkston raue Paste
für die die gut verschanzt.

Denket an meine Weisheit
rief Flocke *das Fleisch ist sehr schwach*
kein Banker wird zum Bocke
nur weil du willig – ach.

Wolle zog an den Rocke
und tanzt' zu einem Bier
Preisgeld: Wen ich anlocke
kriegt Rue noch zum Pläsier!

Nur Toxo tanzt' aus der Reihe
und legt' Briketten nach
kocht' Pötte Jugendweihe
weil ihm die Sach' zu flach.

Und flach hieß: flachelegen
im fremden Federbett:
befiehl du meinen Wegen
dann bin ich zu dir nett.

Die hatte ich die Kacke
blafft' Toxo *tausend Jahr'*
mir blieb nur Luft im Sacke
und vom Bezahlen bar

ein schlecht verheilter Wundschorf
der mich zum Floh gemacht
der zwickt in seinem Kleindorf
immer schön eingepackt.

(Ja –
ganz die ätherische Fucke
ruft's olle
Flocke und Wolle
wir: gelackt!)

(Vom Bettler zum *Null-Bocke* die beiden versackt
– Magenkrampf)

Rue lässt ihn erst gewähren
kippt dann den Weihestampf
in des Ausgusses Leeren
ruft: *Raus und Segen mampf*

den andre uns bereiten
weil wir sie jäh beglückt
mit dem Rodeoreiten
das seinen Mann entzückt.

Briketten sind zum Heizen
für unsren letzten Tag
wir wolln mit ihnen geizen
solang's der Freier mag.

Solang wir drinnen heiß sind
geht draußen auch das Eis
– für dich um jeden Preis Kind –
mach das dem Freier weis.

Briketten sind zum Geizen
für den besondren Tag
alltäglich wolln wir heizen
mit Rippen sonderstark

die wir am Bruder reiben
der auch nichts dorten drauf
so könn'n wir Brüder bleiben
weil all' vom selben Hauf':

dasselbe Mistgelege
auf das der Priester kackt
Wühltisch und Spielgehege
freilich nur dem der's packt

von Weih'- zu Anschafftempeln
von Kohl' aus dem Revier
zu solcher mit den Stempeln
auf amtlichem Papier
vom Schmusen hin zum Rempeln
Flecken als Souvenir.

Drum raus auf Gottes Wege
sie sind noch ungespurt
doch wir um vieles reger
da wir mit ihm gehurt.

Denket an Flockes Weisheit:
der Weg zum Vaterhaus
braucht Menschenfleisch und Vollschneid
und keinen Vogel Strauß.

Sagt Rue und zieht den Zähen
in Stiefel und vors Haus
dort harren schon in Wehen
die andren beiden aus.

Denke an Flockes Weisheit:
unser harrt neu' Quartier
wir wissen nur nicht wo g'scheit
– zu Pott oder Klistier!

Toxo pisst in die Hose
ruft: *Hier – mein Vorapplaus*
willst du noch weitre Chose?
Dann zieh den Einlauf auf!

Auf Toxos Muffensausen
gibt Rue klein wenig bei:
Wir such'n dir zum Behausen
ein schönes Vogelei

darin kannst du ausbacken
nach österlichem Brauch
der Gral schützt deine Macken
– nun setz schon weißen Rauch!

sagt er und zeigt ins Lüftchen
merkt Braunkohlearom
er liebt das alte Düftchen
es hebt ihn in den Strom

von drüben g a n z nach drüben
von *lost* nach *everlost*
er leckt in Fieberschüben
die schwere Heimatkost:

Marschroute unbekannte
vom Geist allein geführt
der um die Blöcke rannte
und ' paar Idioten kürt'.

Wir hatten's schon es war's Genannte
der Fick von Geist mit Menschenschweiß
Lichtblick fuck you das Altbekannte
– schick schon die Buben auf die Reis'! –

Die Oderberger! wollt ihr sagen
sie haben's schier geschafft
Schneefall Eisblum'
Einfalt Held'tum:
– die Jungens wagen
sich in den Landsturm mit der Heil'gen Kraft.

(Denket an den Propheten:
Das Will'ge nur das wird goutiert
ihr könnt euch Helden kneten
doch ob er euch pariert?

Schenket es dem Propheten:
Wer nackt geht der wird einfrottiert
ihr könnt im Tempel beten
– doch Gott von außen stiert.

Stiert auf das Fleckchen Erde
auf dem die Buben stehn
setzt uns so auf die Fährte
wo wir sie stehen sehn.

Von Ost nach Innerosten
hab'n sie sich vorgekämpft
im Schnee – vier knapp bei Trosten
– wie das die Hoffnung dämpft!)

Heil'ge der letzten sieben Tage
feixt Flocke und schnappt eine Himmelslocke sacht
Die erste bis zur siebten Plage
feixt Toxo *über uns die Acht*

des Reiches und der Gottesheere
der Prenzelberger Wanderschaft
der faul'ge Siegeslorbeer uns zur Ehre
dass keiner je mehr nach uns gafft!

Gaffen gegafft ihr Laffen!
ruft Rue *habt ihr's noch nicht gerafft?*
Gott turnt. Wir turnen mit als Affen
Sieger ist der der's tausend Jahre schafft.

Raffen gerafft ruft Wolle
was soll ich hier noch schaffen?
zuhaus' die Affen – dreie olle
und du du redest von e r s c h l a f f t

von Turnen Muskeln volle Knolle
von einem Gott der spöttisch gafft –
im Eisfach liegt für viere Molle
(wir warn so frei liebten's Geschmolle)
– und d u trägst einen Richtertaft?

Scheißkaff abschaff weg mit dem Taffen
ruft Toxo voll auf Stich
Wie war das mit dem Kampf und Waffen?
Ich steh' komplett auf k r i e c h!

Putzt selber aus ruft lauter Wolle
ich bin schon ganz entblößt
ich mach' mich von der Rolle
auf die der Spott euch stößt.

So kam die Oderberger
in Sicht: das Straßenschild –
die Gegend wurde kärger
die Jungs darin – ein Bild!

für alter Racker Alben
zum Andenken an einst
die krachten als tät's kalben
aufs Sterb'bett – was? du weinst?

Blätter in dieser Jause
– wie schmeckt das Weltgericht?
Es ist aus gutem Hause
so schmeckt die Menschenpflicht.

Das Gute-Jungs-Geraufe
das sie sich angetan
der Abstieg und's *Glückaufe!*
– so geht der Weltenplan.

Blätter ein wenig tiefer
erst vor und dann auf Glück
– die Jungens grinsen schiefer
der Anfang kommt zurück.

Der Anfang von dem Treuen
das noch kein Mensch gesehn
– so ist das mit dem Scheuen:
es geht erst wenn w i r gehn!

Oh Oderberger
baller mich an
wie war's? mit Affenzahn
auf Gottes Berge
jeder für jeden Kran
Riesen für Zwerge
Priester wie Schergen
brauchen wir nicht –
oh Oderberger –

Stier nochmal um die Ecke
sieh die Jungs kosten
Schneeflock' und Grubendreck
– so schmeckt der Osten.

Wolle war hintendran
als Toxo winkte
Steht er schon seinen Mann?
– Hosenknopf blinkte.

Wolle drum sputet sich
macht seine Gänge
stiefelschnell – hüte dich!
Schnürsenkelfänge

kommen sich überkreuz
Spurtemann stolpert
gradwegs auf seine Leuts
zu Pflasterkuss holpert

Zähne und Knochen heil
nur seine Birne
die wurd' in dieser Eil'
gleich einer Dirne

die sich an alles schmeißt
was ihr zuhanden
die noch um Fallobst kreist
das schon zuschanden.

Liest noch das Straßenschild
liest: *Oderberger*
dann wird der Himmel wild
schickt seinen Ärger.

Über die Oder weit
reihert sein Füllhorn
schüttet ihm knüppelbreit
Häme und Geistdorn.

Treibt aus dem Heimathaus
Bockshorn und Schwarte
schmiert ihm den Kinderschmaus
fett auf die Karte.

Warschau rief Wolle *warte nur warte!*
da wollt' er nimmer hin
zeigt' rote Karte
im Beichtstuhl drin
als er von sein'm Gesinn

dem Pfaffen brav Auskunft löhnte
Punk Buben niedre Trieb' –
die Hölle *Warte nur!* höhnte –
doch er den Schritt sich rieb
und fett *lobpreisen* schrieb:

lobscheißt lobt in den Wiesen
Wassertrieb und Buben die schießen
ins Kraut mit ihrem Rohr daraus sprießen
neue Jungs pfaffenscheu grad und von den fiesen:
Punks Buben Männertreu – all's zum Aufspießen!

Wolle rief Flocke nun
Wolle erwache!
wir sind's! kein blindes Huhn
schwört solche Rache!

Wolle schlägt Äuglein auf
hört Flockes Flehen
– Oderfluss nimmt seinen Lauf
verpasst ihm neu's Drehen.

Warschau mit seiner Macht
schlägt ihm das Hirn breit
aus dem Gedächtnisschacht
klettert die Frühzeit:

Da war das turmhoch' Haus
in dem er ratzte
knipst' er den Schalter aus
eh er verpatzte

Leben und Lebensglück
Brautschau und Maloche –
er war ein Einzelstück
Naturkatastrophe.

Hatte den Oberstock
räudig bezogen
unten auf *overlock*
dass nicht die Wogen

von Straß' und Menschgetier
ihn drin erreichten
Kerzen als Lichtpanier
Bretter die deichten

Fenster und Türen ab
Hundsfötte seichten
an jenes Hünengrab
Duft unerreichten.

In dieses turmhoch' Haus
schleppt' er ein Sargstück
wartet auf Geistgebraus
ohn' Apostrophe

und ohne Unterlass
wo er im Sarg liegt
wartet auf den Parnass
zu dem er abbiegt –

der ihm den Hintern zeigt
– Ass andrer Sorten –
seinen Laufpass besteigt:
sie warn am Horten

von nichts und wieder nichts
Dünnschiss und Futter
Sargstoff und Gottes Licht
Abdrift und Kutter

zum Eiland *Ich seh's*
schon aus der Ferne
das mit den Séparées
H a b ' ich dich gerne!

So lag er in der Kist'
tagaus mondnächten
ganz Materialist
zum Leben-Ächten

eigner Evangelist
– einer der echten! –
wenn er vom Rauschpilz isst
sitzt er zur Rechten.

Wenn er vom Schwarzbrot frisst
weilt unter Leichen
er lebenden: Gnadenfrist
bis zum Erbleichen.

So wälzt er in dem Sarg
seine Gedanken
ist sich bald Sonnenbark'
bald vom Todkranken.

So bleckt er's Gesäß
's fährt auf zu den Sternen
der alte Käs' –
Habt mich doch gerne!

Wolle ruft Toxo nun
Wolle erwache!
Schnee liegt auch blindes Huhn
kriecht unters Dache!

In seinem Missgeschick
pickt Wolle weiter
im alten Wehestück
ohne Begleiter.

Pickt Pfaffen Augen aus
pickt auf Philister
pickt sich sein Vaterhaus
ohne Geschwister.

Pickt die Rosinen weg
pickt auf die Biester
pickt sich die Heimat leck
wenn's leer geht schießt er.

Bis ihn Rues Kart' erreicht
lebt er zehn Leben
keins ihn auf *Liebe* eicht
keins auf *vergeben*.

Hart unter harten Jungs
lebt er sein Leben
erst als ihn Rue erreicht
ist er vergeben.

Hart unter harten Jungs
heißt turmhoch springen
küssen nur eigenzungs
Groll allen Dingen.

In seinem turmhoch' Haus
übt er das Unken
übt er das *Beiß-die-Laus*
übt er Spelunken

in denen Widerchrist
Wandlungsmahl feiert:
kein Leib am Leben ist
der nicht Blut geiert!

Wolle ruft Rue ihm nun
Wolle erwache!
Schnee schmilzt auch blindes Huhn
find't in der Lache

Perlen und Vor-die-Säu'
Plunder und Wasser
das ihm das Leben neu
schenkt und krasser.

Wolle erwacht nun treu
Äuglein sind nasser
blinzt in die Himmelsbläu'
weiß nun klar dass er

hier sein Erlebnis hatt'
wie einsten Paulus
Oderberg': *keil dich*: cut
heil mich und Vorschuss
Laufsteg zur bleibend' Statt:
Heimat: im Vollpatt.

Ihn reißt's zu Gott
ihn reißt's nach oben
er kommt zu Pott
schräg und verschoben

wie je peilt er den Plot
ruft er nach Rue
ruft: *Brüder hott –*
vermeldet dieser Avenue

dass ich hier fiel
auf Schnee und Eisgeblüh
den Elementen Spiel
(im Geisterreigen
voller Verstandeskräft' maßloses Schweigen)
der Rest ein Aperçu

den Kopf mir schlug
im Kleingeistmut
Mal davontrug
'paar Tropfen Blut

die liegen hier
der Zeichen vier
einträcht'g wie wir
– d i e s e r Kurier

war's den ich hatte
als Prophet ich schien
der Hellsicht Gatte
und jetzt: dies Skapulier:

Wol – le mein Bub
hier liegt dein Blut
wie du die Schmach
so machest gut!
O – der – ber – ger

Ol – ler mein Bub
hier liegt dein Schein
wie du den Schnee so machest rot
statt Vollidiot
fast kleiner Heldentod
vom Ringelreihn
zum Heil'genschein:
O – der – ber – ger

Wär' noch zu klären
was Flocke so beschädigt –
nichts ist für ihn erledigt.

Da wir ohne Manier
begnügen wir
uns mit den Resten
– die sind die besten.

Erzählen die Geschicht'
vom Modellstehen
die Flocke so verficht
weil er auf Zehen

schon auf die Welt kam
immer eins drüber –
wie's ihm den Atem nahm
als er kopfüber

und steißlingsschwer
satt aus dem Schoß schlüpft'
als wär' es sein Begehr
dass noch der Rest hüpft

der Nabelschnur –
wie Athen' dem Kopfe
des Zeus entfuhr
Mischpok-Gestopfe

wie das der Flockekür:
Mensch Gott ein Topfe
dass es die Seele rühr'
hängend am Tropfe

dieser Wie-all's-begann-Geschicht'
dies Ammenmärchen
dass in den Zitzen sticht
noch heut'gen Pärchen. –

Wo Wolle so schön zwitschert'
hört' Rue sein'n alten Sang
zuinnerst: ganz verkitschert
kompletter Bumerang:

Es warn die Wolle-Sachen
mit *Warschau* aufgewürzt
halb Bauchgrimm halb Flugdrache
halb Sturm halb abgestürzt.

Rue hockt' sich auf das Pflaster
dass Schwindel auskuriert –
das alte alte Laster
Drecksding – und d o c h gegiert!

Kein Gott der hält's Desaster
ein knappes Stündchen an
verblüht die Sommeraster
– und immer noch der Bann!

Rue dachte an die Waage
die Gott doch halten sollt'
– er schnitt eine Visage
Erinnrungsrädchen rollt'.

Rue dachte an die Jährchen
die er mit Wolle konnt'
sie trugen ihre Ährchen
mal gut mal schlecht besonnt.

Kein Wort hatt' er geseiert
von Warschaus Barbarei
sie warn an Bord geeiert
wie Kutter durch Kochbrei.

Aus allen Tiefen Blasen
die sie verdammt umschifft
getrieben von Faulgasen
in die sie halt gesifft.

Das ein' Mal stark gekostet
von ihrem süßen Brei
ander Mal schwarz getoastet
im Tagwerk Allerlei.

So hin und her gewendet
das Mannawollebrot
ernüchtert u n d geblendet
dass Fressen macht auch Kot.

Nun also Wolles Schaden
am Oderberg erkannt
der erste zarte Faden
zu öffnen die Webkant

auf österliche Weise
heißt binnen kurzer Tag' –
ach Gott! wer glaubt die Reise
den vorerlösten Quark:

Abstieg zu Müttern Vätern
die Gottes Werk' schon schaun –
S i e immer unter Tätern
die i h r e n Himmel b a u n !

S i e immer auf den Socken
kein Himmelfahrtskommand'
also: frisch weiter Supp'brot brocken
und rühmen selbst den Tand

den sie mitnichten finden
selbst wenn sie fest gekruscht –
wie war das mit dem Schinden?
die Erd' die ist verrucht!

Schinden die Schand' sich winden
– Karfreitag immerdar
wie war das mit den Blinden?
sie finden Körner gar

und backen Osterlaiber
die ohne Hefe gehn
sind selber die Teigtreiber
weil sie die Nacht v o l l sehn.

Backen Auslug abkacken
die österliche Rund':
eilt lauft gebt euch die Hacken
Gott legt schon aus die Lunt'

das Große wird das Kleine
das Kleine riesengroß
ihr macht dem Ding die Beine
ihr sitzt am Schalter: los!

Rue legt um seinen Schalter
und macht sich auf die Bein'
ruft: *Schnarchsack Kussmund Alter!*
Kriegt mich halt wieder ein!

Ruft seine drei Kumpanen
bläst ihnen Rückzugsmarsch
zum Quelltopf ihrer Ahnen –
ihm kam's ein wenig barsch

dass Wolle nochmal dachte
an Oderbergers Fall
wie er den Blutsturz machte:
meins komme over all!

Mein Blut zwar hier vergossen
ein Heiland zweiter Wahl:
Wie war das mit Genossen?
Nur Liedgut national?

Oder für Brüder Schwestern
die anderswo auf trip?
Die Welt die ist am Lästern
doch w i r aus einer Sipp'.

Wo Wolle so schräg dachte
denkt Flocke an s e i n Stück:
dass e r das Schräge m a c h t e
weil immer er auf Lück'.

Aus schwer' Not Schwerenöter
auf seinem Sonderweg
auch Tunten gehn als Köter –
doch brauchen menschlich' Pfleg'

(*Bücken gebückt und tiefer*
's liegt Futter auf der Straß'
ist nur für kleine Kiefer
die hab'n daran ihr'n Spaß.

Flocke mahlt es zu Grießbrei
den streut er in die Welt
die geht ihm auf sein Senkblei
der Zuschlagshammer fällt!)

Auf Spaltung mit dem Weltei
weil er so ausgebrüt't
dass seinen süßen Grießbrei
er immer neu verschütt't.

Verschütt't an fremde Knaben
die gleich darauf zu Pott
und er er konnte darben
bis er sich selber sott

ein Herz und eine Seele
die warn süßer wie Brei
dass rückt' ihm auf die Pelle
von Süßstoff allerlei:

Leckten an seiner Hülle
leckten an seiner Seel'
leckten sich süß und knülle
und warn schon auf dem trail

von *Seel'* zur *Seelennutte*
von *knülle* hin zum *Müll*
– sie warn vom selben Blute
doch i h r Herz das blieb still.

So still dass er auf Suche
nach dem perfekten Herz –
er fand's nur in dem Buche
vom Leben als dem Scherz.

Er las und las im Buche
und lachte sich halb schief
dann hatt' er weg den Ruche
vom Weltendetektiv.

Er suchte auf der Straße
das gelbe Ding vom Ei
fand Flitter nur und Strasse
und Schöpfers Konterfei.

Fand Kasten und Malstifte
dazu den weißen Block
noch Schöpfungsanfangsdüfte
und etwas etwas Bock.

Er malte kleine Sachen
wie Toxo seinerzeit
die Welt die musste lachen
– doch er er hatte Schneid:

Er fand auch Schöpfers Messer
und schnitzte dessen Pott
dazu auch dessen Becher
das Schnitzen ging ihm flott.

Und Mahlzeit tat er halten
zu anfangs primitiv
dann mit dem müden Alten
was auch nicht besser lief.

Der wollte seinen Grießbrei
danach den Digestif
das g a n z e g a n z e Weltei
das nach der Henne rief.

Die Henne war verstorben
der Schöpfer pappsatt schlief
wann wurd' wann wurd' es Morgen
wann wurd's definitiv?

Die Malstift' warn verschlissen
der Kasten ausgebrannt
ihm blieb nur feste pissen
blieb Oderberger Sand

zu löschen Gottes Schriften
auf dieser jener Wand
den Rest ein wenig liften
verzaubern kalten Tand.

Drum einen Pantografen
als Weltverstehmodell –
wie war das mit den Schafen
den schwarzen? – d i e sind hell!

Verstehn verstand verstanden
das Dasein ist die Schur
der Geist weht überlanden
schert sich um uns b l o ß nur.

Das jetzt zu Flockes Schaden
das zu der Kunst der Zähr'n.
Doch a l l e gehn baden!
Wem also Vorfahrt gewährn?
Läuft so der Laden?
Ach – meine Herrn – –

Sie steckten fest im Odrer Lande
Heimweg kam nicht voran
sie knüpften enge Bande
fügten sich Mann zu Mann

zwecks Trotzen den Umständen
der Kälte aufgeblüht
sie hatten gute Hände
die warn so – – *Gott behüt'!*

Rue rollt sich mit Wolle zusammen
fügt Toxo ins Spiel d'amor
Flocke dockt an singt ihnen von Ammen
die schaukeln ihr Kind – Backgroundchor.

Bei selb'gem Chor Flocke träumet
er träumt zu schließen sein' Lück'
sein Geist sich haushoch aufbäumet
und schlägt zum Realen die Brück':

Flocke erdenkt einen Pantografen
zu erstellen ein Vollmodell
von ihr'm Leben im Wachen und Schlafen
zuckersüß rattenscharf obergrell.

Dies Modell wäre ein Erbstück
das Enkel Urenkel berückt
wär' vollsaftig wär' keine Hilfskrück' –
Gott in die Menschen steigt: wird verückt.

Rue treibt ihm die große Flause
modellhaft von unterwegs aus
er weist aus der Fern' auf zuhause:
Hab Mitleid mit dieser Maus!

Sie hat sich im Erdloch verkrochen
weil vom Lichtbad sie braucht eine Paus'
wir wolln ihr die Sonne einkochen
auf Schrumpfgröße grau Augenschmaus

Dann wolln wir die Gläser aufschrauben
und locken die Sonne hervor
– Wie war das noch mit dem Glauben?
Auch der ein wenig hard-cor.

Sagt Flocke und presst einen Kuss
aufs Rues verdutztes Gesicht
als wartete er auf den Bus
voll Antwort – doch der kam nicht.

Modellstehn heißt sagt Flocke
zu leben beispielhaft
unter demselben Schocke
der Götter aufgerafft

zu gehn in Menschentriebe
voll Zorn und Gier und Lust
sie säten große Liebe
sie säten großen Frust.

Am Ende kam die Ernte
am Ende kam das Fest
der Gott sich schon entfernte
doch wir warn overdressed –

mit Zorn und Gier heiß' Brust auch
mit Lieb' und gleichfalls Frust
wir standen – standen auf dem Schlauch
hatten auf a l l e s Lust!

Er sah sich um:
lag was herum
was ihn ins Jetz'ge scheuchte
der Bruder in ihm keuchte.

Sah Wolles Blut
vier Tropfen Gut
rot in dem Schneefeld leuchten
kostbar' Schlachtopfer deucht'm.

Sah auch s e i n Blut
im Vorwärtsloop
auf selbem Kelchtuch strahlen
als ging's zu Hochzeitsmahlen

sah Toxos Blut in d e r Obhut
sah Rues am stärksten prahlen
– Alles wurd' gut.
Sie würden sich
von Haupt zu Sohl' zu Pimmel
(Gottes Zelt im Gewimmel)
im rall'gen Himmel
aalen.

Flo – cke mein Bub
hier liegt dein Blut
wie du die Sach'
so machest gut!

wie du aus Schwerenot backst kleinen Tod
– Rue ganz perplex
die Oderberger Avenue treibt deine heil'gen Kühe vor sich her
deine Geschicht' passiert Revue –
oh thanks oh thanks a lot!

Der zweite Schub
zu Ende ging
er dreht sein Ding
bis vor das *kling*
der Kehraus-Stub'.

Sie hatten sich besonnen
zu diesem Odrer Land
ein Club hieß sie willkommen:
Hausmarken selbstgebrannt!

Sie spitzten in den Schuppen
sie spitzten raus und rein
Ich spür's in'n Fingerkuppen
rief Toxo *wir hab'n Schwein!*

Wir könn'n uns hier besaufen
zuhaus' zu Kreuze gehn
im Laufstall Runden laufen
hier unsre Mannen stehn!

Die Heimat ist am Laufen!
rief Wolle stand breitbeins im Eck
sie will mich für dumm wohl verkaufen
verpissen zu andrem Zweck!

Dann kroch er auf dem Boden
wie geistgestört herum
es juckt' ihn in den Hoden
nach Hause: Tuskulum.

Ich spür's ich spür's im Saufen
rief Rue der Schnee verdrückt'
wir könn'n uns Heimat kaufen
bis's uns zu Boden krückt!

So warn sie drin und draußen
halb an- halb abgebrannt
so lief das mit dem Hausen:
es schiss auf Wickelband'.

Es schiss sie warn am Schissern
ob Abflug oder Sturz
sie schmeckten Leckerbissen
doch hinten kam der Furz.

Rue – Toxo – bub
hier quickt euer Schwein
wie euch die Sau so rot aufloht
und so's bewahrt sie vorm Schafott
O – der – ber – ger

So hart wurde getrieben
der Pichelsteiner Topf
hart stellten die Kraftbuben
die Hoffnung auf den Kopf.

Köpften als wollt'n sie sieben
den Schnee in Einzelteil'
zum Schmelzstoff à la Rubens
in Körpern – war das geil!

Die Körper tat's zerlegen
in schwerste Element'
vielleicht tät' sich dann regen
was man *das Leichte* nennt.

Sie wähnten sich schon Bomben
die Zünder scharf gestellt
und bissen nur auf Plomben
aus ihrer Innenwelt.

Drum diese Rubenslande
in ihrem heißen Kopf
bevölkert mit der Bande
mit Farben auf dem Schopf

der allergrellsten Sorten
die schreien bis ins Mark:
frei liegt die Eingangspforte
zum Anfang allens – stark!

Auf Armbreit: Wahrheit
der reine Tor – pissend
vorm Tor – harre sein' bis Blütenflor
sich aus dem Dung erkor.

So wurd' ihn'n die Oderberger
zur Walstatt *Letzter Schrei*
dort tobten die Berserker
den Schicksalspakt herbei:

Blutsbrüderhub
im Vierfachloop
oh Oderberger
zu mehr'n wird's ärger:
Heimweh (!) – und merkt's wer?

So wurd' in der Pfarrstraß' gehauset
in der Oderberger Andacht gemacht
Sommer kam Winter gesauset
voller Mond schien die Sonne lacht'.

Die Kastanien waren am Blühen
August seine Waage hielt –
endsteil – sag – war das Glühen
wenn der Herbst ihre Sache dealt'

warn die Wolken die sie rockten
war der Nebel der sie barg
war der Regen den sie schockten
was sie bockte: kommend' Tag – –

Ihr habt ihre Hände gesehen
ihr habt ihren Geist geweckt –
Wie war das noch mit dem Weitergehen?
Gut ist wer mit Fleiß aneckt –

Oh Flossenbrand
komm schnapp dir meine Hand
wir wolln durchbeißen
uns ins Land verheißen – –

Von Rue erzähl' ich: dem einen
aus Oderberger Land
von ihm erzähl' ich alleine
sein Name wird genannt.

Von Toxos Seelenkrawallen
sein Name nur am Rand
er war der Schönste von allen
Herzbruch glatt aus dem Stand.

Nur seins hat keiner gestochen
nur Oderberger Sand
der ohne einzulochen
um seine Böcke rannt'.

Von Rue mit den kurzen Beinen
ein Oderberger Heiland
baut' Räuchertüten zum Weinen
die Himmelsschlüssel er nannt'.

Von Wolle dem unreinen Toren
der rüber aus Osten gemacht
dort ward er aufs Neue geboren
als Rue ihm den Antrag gemacht.

Dann war noch Flocke am Knallen
das Leben stets auf Kant'
war eine der Nachtigallen
die's Morgenlied nicht fand. –

Oh Kinderbrut
von eurem Blut
das Land wird gut –
laut soll es werden!

(Dass Sprach' der Liebenden
Seele des Volkes solle sein
hielten die sich in dieser Sach' Bediebenden
sich und der Welt vorerst geheim)

Schlussbemerkung –

(Dass Sprach' der Liebenden
Seele des Volkes solle sein
hielten die sich in dieser Sach' Bediebenden
sich und der Welt vorerst geheim)

Die Rechtschreibung folgt, was Groß und Klein und einige Apostrophierungen angeht, einem gewissen Eigensinn.

Die Sprach' der Liebenden folgt hier dem Oderberger-Eigensinn.
Das ist so.

Rüdiger: So fern, so nah wie kein Zweiter. („Mit dir, mein geliebter Bruder / mit dem Totenschädel- und Büffelgewühl unter der Haut und Räucherstoff für ein halbes Leben versehn, dessen herber Geruch dir nachgeht, / sogar im Diesel und Holzbrand der Straße, / mit dir, mein geliebter Bruder / würde ich von Nord nach Süd wandern, / und unser Gespräch käme an kein Ende ...") Danke für die Porträtfotos. Wir warn so frei. – Wer sich zu erkennen glaubt: Er ist's nicht.

Gerhard: Licht und Krieger in meinen Variantenkämpfen. Beistand überhaupt, meine Seele!

Joe: Ja du! Anker und Segel! Einen Heidendank dir!

Ein besonderes Dankeschön an den Nationalen Kulturfonds Luxemburg: Jil Spaus und Jo Kox

…. und dann kommt da noch – das ….

Volk der Freien

…. Geschichten von Grenzgängern und Grenzgängen allesamt. Im Berlin der Weimarer Republik taumeln Gustav Regler und Ernst Bloch durch den Vorschein ihrer Utopien – scheinbar mit Händen zu greifen, doch Worte wiegen ihnen mehr –, und blicken zugleich in die Fratzen der alten und der heraufkommenden Zeit, Anna Seghers verbarrikadiert sich im Ost-Berlin der 70er-Jahre, während Nicolas Born sich vom Mauern der BRD ab- und dem Menschen allein zuwendet, Ernst Meister möchte in einem Staat, der wieder mit Gummiknüppeln seine Sachen zu ordnen beginnt, noch den ungeborenen Kindern in die Augen sehen können, Jaro sehnt sich im Berlin der knappen Nachwende nach der Tag- und Nachtgleiche der Liebenden, statt nach der einen schnellen Liebesnacht – und vorbei –, eingeklemmt zwischen einem fallenden und einem auf dessen Trümmern trampelnden Staat, in den Ruinen Leipzigs (dystopisch gedacht möglicherweise) richten junge Aussteiger und Anarchisten einen subversiven Laden zur Aufklärung von Kindern ein, um diese aus den Zwängen des Systems zu holen, in einem abgerockten Europa mit Epizentren in den großen Städten wie in den hintersten Winkeln der Länder suchen allerlei Heranwachsende, im Gepäck wenig mehr als heißen Kopf, Herz und Hand, nach Gefährten, mit denen sie ein neues Wechselspiel zwischen Denken und Verhältnissen buchstabieren und aufbauen lernen können – Janoš, Lena, Karl und Paul zum Beispiel sind ihre Namen und wieder Karl und Paul, Wiedergänger wie die Geschicht(en).

Geschichten davon, wie der Mensch das Gefüge von „oben“ und „unten“ ins Werk gesetzt hat: das von Bevormundung und Duckmäusertum, das ihm wie eine zweite Haut anhängt –, und was es heißt zu brennen: für die Sache des aufrechten Gangs und des „Keine Macht für niemand“.

KILLROY media
Killroy 10 + 1 stories
Bernd Marcel Gonner
Volk der Freien
Erzählungen
mit 10 Illustrationen von Michael Blümel
78 Seiten
ISBN 978-3-931140-29-8